강만수 시집 황금두뇌 시인선 007

아름다운 지느러미

2014년 • 사진 _ 고정욱

그동안 몇 권의 스케치북에 그려놓은 미묘한 지느러미들을 색깔별로 분류해 서랍에 넣었다.

다시 끄집어 냈다. 그것들 모두에게 숨결을 불어 넣어 내 안에서 천천히 되살리기 위해.

2014년 가을
강만수

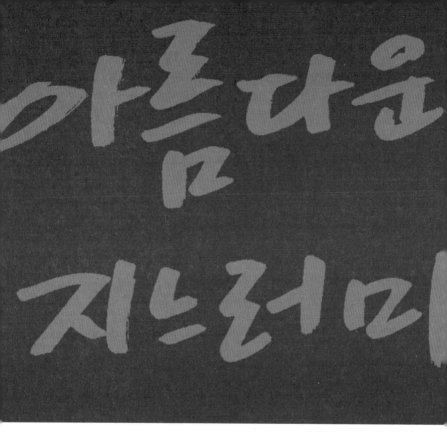

2014년 • 캘리그라피 _ 이재순

아름다운 지느러미

| 차례 |

지느러미

아름다운 지느러미

1부

내 다리는 두 개인가 네 개인가
두 다리를 걸으려다 걷지 못해
팔과 다리 네게로 기어 다니다

바퀴 달린 휠체어 두 바퀴를 덧붙이니 여섯 개로

내 다리는 두 개인가 네 개인가 여섯 개인가
그것도 부족하면 네 개를 더 보태 휠체어를 밀게하니
합이 열개

두 개로 걷는 두 다리로 걸어 다니는 사람들을 바라보다
왜 저들은 다리가 두 개 밖에 없을 것까

내 다리를 닳아졌을때는 두 방 안에서 숨쉴 때를 넣어
뒤로 바퀴대로 여섯 혹은 열개에서나 되는 것을

두 개밖에 없는 두 다리로 걸어 다는 저들을 스케이트하여
아니 예비 다리가 있다

그것이 없는 저들을 타이어 없는 다리를
가지지 다치기라도 하면 어쩔까

내 다리를 여섯에서 열 개인데 거리에서 두다리만의
저들에 걸음 저들을 보게 되면 안쓰럽다

혹여하는 마음에 살지 않는 다리라도 배워야 할까

아름다운 지느러미

선창가 생선만도 못한
그 흔한 고등어 몇 마리도 못사는

그러나 쓴다 쓰고 또 쓴다
푸른 빛 광활한 저 바다에서

펄떡이던 기억을 되살리려
날밤 새가며 쓴다

좌판에 내놨으나
역시 안 팔리는

돈 안 되는 詩

禪

슬리퍼를 질질 끌고 가다 만난

긴 몸을 땅바닥에 대고 기어가다
풀숲으로 들어간 능구렁이

몸길이가 짧은 뱀은 없는 걸까

길다 긴 것과 짧다 짧은 걸 비교하다

여름 해는 길다

길게 느껴진다 구렁이처럼

그럼 극히 짧은 건 무얼까
문득 어느 순간 다가온 그건 禪이다

달콤한 가장 강렬한 깨침을 위해

지금 나는 비포장 도로 위에서
길을 걷고 있다 쉬지 않고

불시착

바위산에다 헬리콥터 씨를 심었다

땡볕 아래 싹을 틔운
코브라 헬기 안에서 어느 날 코브라 새끼가 아닌

조종사 두 명과 여덟 명의 외계인들이 걸어 나왔다

그들은 어느 별에서 이곳으로 날아온 걸까

저 먼 행성 간 벌어진 치열한 전투를 마치고
가족들이 기다리는 집으로 돌아가기 위해

거대한 바위 위 헬리콥터를 강탈해

중간지점인 이곳에 불시착한 걸까
아님 잠시 몸을 피하기 위해

그도 아니라면 지구를 점령하기 위해 침공한 외계군
인들?

금남 이발소

생각 안에 있다 딱정벌레 꼬무락거리는 움직임은

생각 밖에 있다 금남이발소에서 면도날 버리는

갇힌 생각이 뚫린 걸까 부지불식간 터져 나온

네 안에 이미 죽었다고 생각한 그러나 살아남은

앞가슴 등판이 붉은 빛을 띤 딱정벌레가 기어오고 있다
금남이발소에서 가위질 하는 소리

군더더기 없는 생각을 위해
딱정벌레에게 모든 잡념을 내준 뒤

거대한 불신의 벽을 허물고
망상으로 길게 자란 머리카락을 가위로 석둑 잘랐다

모든 일은 생각 안에서 쉼 없이 일어나기에

非常이다 飛上

목을 뎅겅 잘랐다

손목을 잘랐다
발목도 잘랐다

왼쪽 귀를 잘랐다
오른쪽 귀를 잘랐다

왜 잘랐냐고?

글쎄 왜 그랬을까?

가장 무거운 것들을

내 몸에서 잘라낸 뒤

훌쩍 날아오르고 싶었다고?

빈센트 반 고흐

노란 색 길을 걸어 붉은 색
흰색 길을 걸어 검정 색
초록 색 길을 걸어 보라 색
남색 길을 걸어 파란 색
주황 색 길을 걸어 언덕으로 올라간

노란 색 파란색 흰색 초록색 남색 보라색으로 뒤섞인
높은 언덕을 걸어올라

초록 색 노란 색 남색 파란색에 빨강색으로
실내 장식을 곱게 칠한

구릉 위 지어 놓은 그 곳에서 색에 묻힌

그 사내를 당신은 기억하고 계시는지
한쪽 귀가 없는 그

어떤 학대

검은댕기해오라기를 잡아서

오른쪽 날개에 못을 박았다

호랑지빠귀도 잡아 그 왼쪽에

지나가는 사슴을 포획해 발굽에도

곁에 두기 위해
그것들 모두에게 쉬지 않고 대못을 쳤다

Doors

카페에 놓여 있던 오래된 축음기에는

중곡동 정신병원에서 불어오는 바람과

백색 건물 뒤 파헤쳐져 들썩이는 하수구

그 바늘 끝으로 내 머리를 찌르면

찌그덕 거리는 대문을 밀고 들어온

짐 모리슨이 나를 보고 활짝 웃는다

Strange Days를 부르며

약속

열두 시에 사거리 한복판을
오리 가족이 뒤뚱거리며 지나간다

오후 세 시에 버스 세 대가 정류장에 섰다

그는 버스에 타고 있지 않았다

묵묵부답 내리 꽂히는 가을볕 아래

오리들이 꽥 꽥 내 귓속으로 들어왔다 나가고

그 외에도 네 대의 버스를 더 흘려보낸 뒤
버스 뒤로는 꼬리에 꼬리를 문

택시들이 서 있었다, 그러다 클랙슨 소리가 들렸다

눅지 않고 신경질적으로 찢어지는 소리
그를 기다리다 들었다

오늘은 바람을 맞은 걸까

거울

들여다봤다 1 들여다봤다 2
들여다봤다 3 들여다봤다 4
들여다봤다 5

1이 들여다봤다 가 2가 들여다봤다 나
3이 들여다봤다 다 4가 들여다봤다 라
5가 들여다봤다 마

12345 가나다라마를 들여다봤고
가나다라마 12345를 들여다봤다

웃는 모습 재채기하는 모습
샤워하는 모습
머리 빗는 모습
밥 먹고 똥 싸는 행위까지 다 봤다
들여다보지 않고서는 견디지 못하는
12345를 뚫어지도록 바라봤다

그러던 어느 날 가나다라마는 12345를……

멍

바람에 맞아 파랗게 멍이 든 몸

북풍을 맞고 있다

남풍을 맞고 있다

서풍을 맞고 있다

동풍을 맞고 있다

동서남북 방향에서 불어오는

모든 바람을 맞고 있다
그 바람에 맞아

푸렁인 몸
푸른 하늘과 바다색으로 칠한 걸까

바람을 맞고 있는
내 몸은 온통 멍이다

예이츠 꽃집

벙싯거리지 않고 입을 꾹 다문 채

꽃들이 향기를 쭈욱 제 몸에 빨아들이는 꽃집에서

온갖 꽃들 중에서도 백합과 장미를 눈에 담아보자

꽃향내에 취해 벌렁 몸을 눕힌 뒤

젖은 꽃 가녀리고 긴 꽃대 그 속으로 들어가
탐닉해보자

눕는 순간 숨을 들이 쉴 수도 내쉴 수도 없는
향기의 공간에서

예리한 손톱으로 잎 잎에 실금을 주욱 그어보자

꽃 앞에서 너도 없었고 잎도 없었으며 나도 사라진
그 순간을 느껴보자

말 없는 짐승으로 어두운 한낮 불도 켜지 않은
예이츠 꽃집으로

환한 볕의 이동처럼 소리 없이 다가서고 있는

한여름 황홀한 그 어떤 기억이
어느 중독자의 기억 속에만 존재하는 예이츠 꽃집을
향해

감자 닮은 남자

고구마 닮은 호박고구마 닮은 남자에게 벗어나
감자를 닮은 강원도 감자 같은 남자를 만나기 위해

안국동 방향에 서 있는 킬힐 신은 여자

고구마 닮은 남자에게 자신의 마음을 들키지 않기 위해
전전긍긍 시선을 다른 곳으로 돌리며

울퉁불퉁 감자 닮은 남자와의 약속 시간에 맞춰
햇볕 쨍한 길거리에 양산도 없이 서 있는

고구마 닮은 남자를 좋아하지 않는 여자는

너는 고구마를 닮았지, 나는 호박 고구마 닮은 남자가
싫어
감자 닮은 남자에게 온 마음을 빼앗긴 채

길거리에 서 있다 거리에서 감자 닮은 남자가 다가오
기를
기다린다, 기다리고 있다

고구마 닮은 남자의 눈알을 빼내고 손발을 잘라버린 뒤

여자는 오겠다고 해놓고 오지 않는

감자 닮은 남자를 마냥 기다린다
그래 네가 기다리는 남자는 울퉁불퉁한 감자 닮은 남
자야

어떤 이유

태양 아래 그는 예민했다 나도 그런 걸까

노래를 부르자고 했다 그럴 일이 없건만

냉정히 하지만 차갑지 않은 차분함으로

그 순간은 참 멋쩍었고 등으론 땀이 흘러내렸으며

눈빛엔 기타도 오르간도 없고 자신감도 없는

관상고전과 커피 형광등도 없는 오월을 보내다

달력도 없고 내 곁엔 사람도 없어서 불쑥 죽고 싶은

그럴 땐 면도칼을 찾아야 할까

ㄱ래 나는 그날 외로웠고 슬펐다

사랑의 그늘

칼이 칼을 먹었다

칼을 사랑하는 칼이 칼날을 삼켰다

여자가 남자를 먹었다

남자를 사랑하는 여자가 남자를 먹었다

암사마귀가 수사마귀를 먹었다

수사마귀를 좋아하는 암사마귀가 교미 중에
수사마귀를 머리부터 아드득 씹어 먹었다

먹고 있다 먹히고 있다
앞으로도 쭈욱 변할 게 없는

그것들을 보게 되면 마구 식욕을 느끼는
나는 누구일까

九旬

목구멍과 만났다
똥구멍과도 만나 수다를 떨다
때 묻고 내 것이 아닌 것 같은
목구멍과 똥구멍으로 이어진 긴 터널 끝

몸 안에서 꼬부라진 나이 구십을 넘기며
시간을 묵묵히 견뎌온 몸

무릎관절 삐걱이는 소리 환청처럼 들린다

그 소리 내 안에 있다
아니 바로 곁에 있다

그러나 모든 사실을 시시콜콜 다 말하긴 어렵다

민낯

정오에 나를 좇아 들어온

12시에서 오후 2시 반 사이
강한 불볕이 머리 위에서 초콜릿처럼 녹아내리는

시간대에

땡볕 속으로 들어온 또 다른 한낮이
볕을 밀어내기 위해

내 안에서 꿈틀거린다

그러나 눈부신 뙤약볕으로 인해 뭔가 애매하다

낮과 낮 또 다른 한낮 사이
나와 그를 좇아 슬그머니 들어온

정체가 불분명한 그 안에서
격렬하게 꿈틀거리는 생명체

썩은 생선 속 구더기

豊漁

배는 만선이다

오징어로 인해

민방위 훈련

살아남자 살아남지 않을 이유는
죽자 꼭 죽도록 하자 죽어야 할 이유는

나는 모른다 살아야할 이유

나는 모른다 죽어야할 이유

살 이유와 죽을 이유도 모른 채
대다수 사람들은 살았고 마침내 죽었다

꼭 복잡하게 뭔가를 알아야만 하는 걸까

중요한 건 현재

그래 나는 지금 도심 빌딩 사이로 울려 퍼지는
민방위 사이렌 소리를 듣고 있다

그 소리를 듣기 위해 살았다
아니 그 소리를 들을 수 있었으므로

나는 살 수 있었고 살아남았다

땡처리

상품엔 저마다 가격이 있음에

거품이 끼지 않을 수 없다

그런 이유로 유명브랜드 상설 할인 매장이 없는 곳은

이 땅 어느 곳에도 없다

그곳에는 반드시 거품이 존재한다

왜 재고처리를 해야 하는 까닭에

가끔은 삶도 땡처리를 하고 싶을 때가 있다

무자비한 삶

한 번도 본 적이 없는

여행길에서 만난 남자처럼

허접한 상품들 가득 들어선 거리

그러나 도망치고 싶어
삶 자체를 은폐하고 싶은

40년 전 4년 전 사십일 전
나흘 전 4시간 전 4분 전이었을까

4초 전이었다

리플레이 된 아니 리플레이 전혀 하고 싶지 않은
무자비한 삶

지겨운 일상

지겨운 나라의 빵집 더러운 나라의 카페
토악질 나고 역겨운 나라의 모텔

치사한 나라 한식당과 중식당 그리고 일식집

극락인지 지옥인지 구분이 되지 않는

즐비하게 늘어선 빵집과 카페와 식당들

뭐 그저 그런 곳들을 발길 닿는 대로 쑤시고 다녔다

지겨운 줄도 모르고 더러운 것도 외면하고
배고픈 것도 못 느낀 채 밥집을 찾아 다녔다

뭔가를 뜯어먹고 삶아먹고 구워먹기 위해
다녔다 다니고 있다 무작정 찾아다니고 있다

낙원상가

하수구에서 찍찍거리는
몇 마리 쥐들을 봤다

서너 마리쯤 돼 보이는

벤치에 노인 몇 사람이
쭈그려 앉아 있다

그 모습이 쥐를 닮았다
아니 쥐보다도 더 궁해 보였다

낙원은 어디에 있는 걸까
낙원상가를 거닐며

낙원을 찾아 헤맸다

거대담론

찔러본다 말 많은 세상살이

후벼 판다

거대담론 사회에 대고

찌르고 후벼 파는 것

이 사회의 약자를 위해서라면

멈춰선 안 된다

빵을 나누는 행위는

나중에 생각해도 늦지 않다

병상일기

뜨거운 바람이 노란 달덩어리를 산 위로 들어 올린다
양파 같은 달

비범하게 아니 평범하게 다가섰던 그 달빛들을 통해
병실 침대에서

고통과 희열을 느꼈다 그것은 꺼지기 직전 촛불과 같
았다
창을 통해 본

시시각각 다른 모습으로 온갖 빛을 뿜어내던 달빛은
고요했다
고요한 바다와 같은 병상에서

어느 가을 날 코끝을 스치는 비릿한 달빛 냄새
붉고도 노르스름한 그 기운을 눈에 담고 느끼기 위해

침대에 코를 박았다

지붕 위 고양이 네 마리

이웃집 옥상 위에다 삶터를 마련한 고양이 네 마리
밤마다 울어대는

야옹 야아옹 고양이 울음에

둥근 달 사이 카랑한 별이 뜨는 밤이면
밤에 뜬 별빛과 달빛 사이를 후벼 파대듯

아웅 아 우 웅 고양이 소리에

가을 수북하게 떨어진 나뭇잎은 가슴속 아린 곳을 찔
러대

온몸을 뒤척이며 어미를 기다리는

새끼 고양이의 울음처럼
스산하다

늦가을 달빛은

궁

궁궐을 봤다
모두의 기억 속에서 사라졌다고 생각한

붉은 대궐은 권력이 아니고
푸른 이끼 낀 담장은

그래 그 모든 것들은
언젠가 꿈에서 본 생생한 왕궁이다

누가 내 꿈속에 그 궁전들과
끝이 날 것 같지 않은 긴 담장을

그곳에 지은 건지 나는 알 수가 없다
오래 전 궁은 그곳에 있었다

천 년 전 일이다
그러나 지금 나는 현생을 살고 있다

피신

화를 참지 못해 머리뚜껑이 벗겨진다면

뚜껑이 열리면서 터져 나오게 될

비명소리
아니 그 소리도 듣지 못한 채

쥐새끼처럼 길게 대자로

길바닥에 뻗어버리기 전
뚜껑 위에 올라타

몸을 숨길 수 있는 그 어떤 곳으로

갈아타고 싶다고
그래 우선은 몸을 피하자

뚜껑을 비행선 삼아

향기 옆을 지나가다

붉은 포도주가 담긴 잔을 들고
넝쿨 장미를 바라보는 그 눈길엔 마음이

한곳으로 몰려 있다
나도 함께 그 시선이 향한 쪽을 봤다

선홍빛이다

그래 지금 이 순간 그가 그려낸 마음 빛깔은
홍염임을 느낄 수 있다

그는 이제 어떤 방향으로 눈길을 바꾸게 될까

그 순간 그와 나는 행복한 진공 상태에서
빛과 향기를 담아낸 한마음이 됐다

쨍하고 잔을 부딪치며

철학자

　복도 맞은편 김 교수 연구실 벽에 걸린 러셀과 비트겐
슈타인

　시공간을 넘어
　그 둘은 그와 얼굴을 마주할 생각이 없다고 의사를 밝
혔건만

　그는 왜 계속해서 거듭 만남을 청한 걸까

　철학자가 머물고 있는 다른 세계를 향해 그는 가고 있다

　언제 되돌아올지 알 수 없는 타임머신을 타고 과거로
여행을 떠난
　그 사실을 알지도 못한 채

　나는 친구를 찾아갔다 하지만 그는 그곳에 없었고

　김 교수를 대면할 마음이 없어 그들이 있는 곳에서 빠
르게 몸을 피한

　두 분 철학자와 조우했다

갑자기 찾아온 행운처럼 그날 밤 그의 연구실에서
그를 대신해 현자들의 탁월한 저서를 읽었다

인간해부

늦은 오후에 햇살이 비껴들던

유리창은 얼마나 투명 하던지

시커먼 내 창자까지 비추는 것 같아

그곳에 메스를 들고 싶었다.

獨處

설거지를 하다 손목이 시큰했다
길을 걷다 발목도

말을 하다 목구멍이
소리를 듣다 귓구멍까지

똥을 누다 똥구멍도 피곤하다

이제 그만 그것들을
벽에 긁힌 못 자국처럼 쉬게 하자

지금 이 순간 너무도 지친 까닭에

혼자 사는 건 늘 그렇다

마음 무늬

꼭뒤를 더듬는 서늘함에

엄지손톱을 깨물다

인지손가락을 나도 모르게 물게 되는

복잡한 이 감정은 어디에서 오는 걸까

미열처럼 다가선 불안감도

문턱

휠체어를 민 뒤부터 벽을 알았다
그 앞에서 난감해 하다 넘어설 수 없었을 때

걸을 수 없는 이들에게 문턱은 공포로 다가온다

오늘도 봤다 길을 걷다
누군가의 정강이를 걷어 찰 것처럼 서 있는 돌 말뚝

확 치울 방법은 없는 걸까
설혹 그곳이 사유지라고 할지라도

사람들이 늘 다니는 곳은 사실상 공공 영역이므로

모든 이에게 낮은 자세로 납죽 엎드리게 할 순 없는 걸까

방법을 찾아야 한다
차렷 열중 쉬어 자세를 저것들이 유지하게 해야만 한다

특히 상대등 (장애인) 앞에서만큼은

내 다리는 두 개인가 네 개인가
두 다리로 걸으려다 걷지 못하고
팔과 다리 네 개로 기어 다니다

바퀴 달린 휠체어 두 바퀴를 덧붙이니 여섯 개라

내 다리는 두 개인가 네 개인가 여섯 개인가
그것도 부족하면 네 개를 더 붙여 휠체어를 밀게하니
힘이 열개

두 다리로 걷는 두 다리를 걸고 뛰는 사람들을 바라보다
왜 저들은 다리가 두 개 밖에 없을 걸까

내 다리를 닮아졌을때는 두 방 안에서 움직일 때도 넷
밖으로 나다닐때로 여섯 혹은 열 개씩이나 되는 것을

두 개밖에 없는 두 다리를 걸고 뛰는 저들은 스테이다이어
아니 예비 다리가 없다

그것이 없을 저들을 타며 어떤 다리를
갑자기 다치기라도 하면 어찌할까

내 다리는 여섯 째에 열 개인데 거리에서 두다세번을
하늘에 걸을 저들을 보게 되면 안쓰럽다

측은키로 마음에 쓰니 싶은 다리라로 배려야 할까

2부

아름다운
지느러미

고추잠자리

나뭇가지 위 앉아 졸고 있는

고추잠자리 한 마리

꿈속에서
또 다른 꿈을 꾸고 있는 걸까?

재즈

따분함이 다이아몬드처럼 빛날 때

우리 곁에 다가온 황홀함.

내 다리

내 다리는 두 개인가 네 개인가 두 다리로 걸으려다 걷
지 못하고
팔과 다리 네 개로 기어 다니다

바퀴 달린 휠체어 두 바퀴를 덧붙이니 여섯 개라

내 다리는 두 개인가 네 개인가 여섯 개인가
그것도 부족하면 네 개를 더 보태 휠체어를 밀게 하니
합이 열 개

두 다리로 걷는 두 다리로 걷고 뛰는 사람들을 바라보다
왜 저들은 다리가 두 개밖에 없는 걸까

내 다리는 앉아 있을 때는 둘 방 안에서 움직일 때는 넷
밖으로 나다닐 때는 여섯 혹은 열 개 씩이나 되는 것을

두 개 밖에 없는 두 다리로 걷고 뛰는 저들은 스페어타
이어
아니 예비 다리가 없다

그것이 없는 저들은 타이어 아닌 다리를 갑자기 다치
기라도 하면 어찌할까

내 다리는 여섯 개에 열 개인데 거리에서 두 다리만으
로 힘들게 걷는

저들을 보게 되면 안쓰럽다

측은한 마음에 쓰지 않는 다리라도 내줘야 할까

찔레꽃은 깃털이다

눈빛은 윤슬이다 아니 찔레꽃이고 깃털이다
깃털은 찔레꽃이고 윤슬은 눈물이다

그것들은 아주 여리고 고운 속살을 갖고 있다

가벼운 몸뚱이로 무언가를 향해 부딪치고 있는

붉은 찔레꽃과 저 깃털 그리고 윤슬과 빗물은

눈부신 하늘 아래 고혹적이다
거스를 수 없는 운명이다

그래 이젠 느껴봐 네 안에서 흔들리지 말고
순순한 말을 백지 위에서 달리게 하자

지하철

거대한 지네 한 마리 빠르게 달려온다

가해자와 피해자

망치를 들고

누군가의 머리통을 깨뜨린 것과

누군가의 망치에 맞아

대가리가 깨진 차이

어떤 연극

떠도는 입소문처럼

나는 자극적인 재미를 원하지 않았다

콘텐츠라고 하는 건
역시 소수의 천재들만이 만들 수 있는 걸까

무대 위 맨발의 남자와 여자로 인해 입맛이 씁쓸했다

파란 눈알 하모니카

눈알을 굴린다 왼쪽 눈알과 오른쪽 눈알이 굴리는 음
내 파란 눈에는 하모니카가 들어있어요

언제든 사물을 바라보게 되면 소리가 흘러나오게 돼
눈알을 굴릴 때면 특유의 고음으로 다가와 가슴을 찌
르는

오늘도 길을 걷다 오른쪽 눈알을 굴리다 왼쪽 눈알을
굴리니
첫 음은 가볍게 그러다 무거운 음이 튀어 나왔어요.

콧구멍으로 들숨과 날숨을 들이쉬고 내보내는 것처럼
그와 나의 모든 일상을 눈빛에 담기만 하면 노래가 되
었지요.

사스래나무를 바라보면 사스래나무 우아한 노래
바위를 보게 되면 어둡고 침울하게 느껴지는 바위의
노래

온힘을 다해 천지만물을 응시하게 되면
심장이 뛰는 걸까요, 무언가 두근거리는 소리로 인해

눈알을 굴리게 되면 아름답고도 기이한 가락 쉴 틈 없이 넘쳐요.

누가 노래를 부르고 있는 걸까요?

나무 위에서 아니 저 뭉게구름 아래 그도 저도 아니면 길가 전신주 옆에서

그와 나의 눈은 지금 이 시간에도 빠르게 눈알을 굴리고 있는 걸까?

어둠이 내리고 있다 이제는 눈알에게 그와 내 안으로 되돌아오라고 해야 한다
완전한 어둠이 사방에 깔리기 전

천지사방에 던져 놓은 눈알을 불러들여야 한다.

국회

임시국회를 열어놓고 여당과 야당 의원님들은 한 분도
보이지 않는다
어디로 몸을 감추신 걸까

한 줄의 詩

길게 자란 수염을 매만지며

휘 이익 밤하늘을 가르는 별똥별

그 별빛을 바라보다

창을 열어 놓은 채
그대로 주저앉아

막걸리 몇 사발을 벌컥벌컥 마셨다

단 한 줄의 詩를 위해
몸을 던진 너는 누구이고

난 누구지

求愛

빗물이 창에 얼굴을 맞비비듯

그이 얼굴에 얼굴을 대고 비비고 싶다

따스함이 전해질 때까지

맞비비고 싶어
비비자 비빈다

배와 배를 맞대 아이를 만들 듯

비는 유리창에 대고
끝없이 구애를 하고 있다

신음소리를 흘리며

부작용

우울한 소년이 소녀의 입 안에 방울토마토를

소녀도 소년에게 토마토를 입에 넣어주고 있다

소년이 소녀에게
소녀가 소년에게 토마토를 입에 넣어주는

입을 벌린 채 말을 아끼는 그들을 바라보다

식탁 위 빨간 접시에 올려놓은 복숭아가 생각나
문득 집에 가고 싶었다

집으로 돌아가야 했다 모퉁이를 돌아 정애 미용실을
지나
이제 곧 집이다

짜증

삼치 열 마리가 배달됐다

붉은 사과 세 개와

꽁치 일곱 마리도

노란 참외 다섯 개와 함께

얼음 우박이 창문으로 배달 돼
창유리가 와장창 깨지던 날

하필이면 삼치에 꽁치라니
삼치도 싫었고 꽁치도 싫다

오후 세 시에 나는 예민해진다
왜 이유는 없다 아무런 이유도 없이

나는 늘 이 시간대면 그렇다

새

삐 삐 삐
삐삐 삐삐 삐삐
쨔 쨔 쨔 쨔
짜 짜 짜 짝
쨔 짝 쨔 짝
짜 짜 쨔 쨔

짝? 짝?

짝 짝 짝 짝
짜 짜 짝 짜 짝
쨔 쨔 짨 짜 쨔
찌 찌 찌 쨔 쨔
지 지 찌 찍 찌

꺅 꺅 꺅 꺄 꺄
꺄 꺄? 꺄 까 꺄 꺄

허무

생선 대가리를 삶았는데

살점은 하나도 남지 않고

뼈다귀만 남았다

네 머리통 아니 팔과 다리를
냄비에 넣고 끓여볼까

빨강 양산

하나의 양산을 손에 쥐고 다니는 여인과

두 개 중 하나는 가방 속에 넣어 다니는 여자

양산은 거리에서 펼 때 빨간 색이든 초록색이든

볕을 차단하기 위해 사용하게 된다

시원한 느티나무 아래 깊은 그늘은 아닐지라도
그늘을 만들기 위해 존재한다

진득하게 달라붙는 습기와 태양 볕을 피하기 위해
그녀는 자신의 보호막을

조금 전 버스 안에 두고 내린 건 바로 잊은 채

또 다른 양산을 가방에서 꺼내
종로 네거리에서 활짝 펼쳐들었다

희원

낡은 베니어판에 뚫린 구멍으로

시간의 결을 보고 싶다

눈꽃

해뜰참 양철지붕 위로

함박눈이 내린다

지붕 위에서 붉은머리오목눈이

씨, 씨, 씨, 씨 우는 소리 들린다

바람 소리와 함께

손바닥에 받아본다
내 손 안에서 활짝 핀 눈꽃송이

십일 월

사발이 깨지는 것 같은 소리에

발을 들어 보니

금빛용의 비늘처럼 와르르 떨어진

황금빛 은행잎

그래 벌써
깊은 가을이다

몇 초 뒤

남쪽을 봤다 북쪽을 봤다 동쪽을 봤다
서쪽을 봤다

15층 옥상 위에서

북쪽을 향해 냅다 뛰었다
한 치의 망설임도 없이

그러다 급하게 방향 바꿔 서쪽으로 뛰었다

그리고 몇 초의 시간이 흘렀을까
쿵 머리통 깨지는 소리

그날 그는 전혀 주저하지 않고 몸을 던졌다

왜?

황혼

설마, 설마 하다가

시간에 잡아먹혔다

쓰레기통에 던져진 일회용 캔처럼

설마하며 미루다

인생을

괄호

네가 내 안에 들어오면 나는 없다
내가 네 안에 들어가면 네가 없는

거리에서 네 대갈통을 봤다

너는 그곳에서 내 머리통을 보지 못했지

네 대갈통에는 대나무가 자라지 않고

내 머리통에는 게가 기어 다니지 않고

네가 나와의 만남을 청했을 때
나는 네 안에 나를 구겨 넣을 자신이 없었다

그런 연유로 틈을 봐야했다
괄호 속에 이름을 넣었다 빼며

變心

밤하늘을 가른

저 별빛은

유성 검이다

아니 둘로 갈라진 건

그녀 마음이다

가치에 대해

갈치냐 깔치냐?

나는 갈치를 좋아해

너는 깔치를 좋아하니?

갈치
깔치

그래 나는 갈치를 좋아하고
너는 깔치를 좋아하는구나.

가치 있는 건 뭘까

갈치와 깔치의 가치에 대해 생각했다

한 페이지

새에겐 한 페이지의 휴식공간도 없다
쉬는 새가 없다

저들은 아침과 점심 저녁도 없는 것 같다

나뭇가지 위 앉아
쉬지 않고 울고 있는

새는 어디에 있는 걸까

두리번거리며 찾았지만 울새는 보이지 않고

가지 위 아래를 들락거리며 모이를 나르는

어미 새만 보인다

갈증

낮잠 한숨 늘어지게 잔 뒤
물을 마시기 위해

방문을 열었다

그러나 걸쇠와 이음새가
녹 슨 채 부러져

열리지 않았던

잠긴 문으로 인해
갈증은 어디로 사라진 걸까

열쇠수리공을 불러
통째로 문을 뜯어내다

목마름을 잊었다고

층간 소음

사층과 오층에서
누군가 몸을 움직이는 것 같은

그런 행동이 눈이 아닌 귀에 걸려
언제부터인지 모르게

내 귀는 들리지 않는 소리들을 듣고 있다

귀에 잡히지 않는 미묘한 떨림으로 인해
위층 여아가 깼나보다

배고프다며 보채는 애 울음에

아기 엄마가 우유병을 물린 걸까
울음을 그친 젖먹이 우유병 빠는 소리

한겨울 늦은 밤에 들었다
젊은 부부들 옷 벗는 소리까지도

환청처럼

어디로 간 걸까

가슴하고 부르면 가슴

눈하고 부르면 눈이 달려 나왔다

그대 무릎에 앉아 그것들을 호명하면

언제든지 마다않고 달려 나오던

나는 그렇게 부르는 게
참 좋다

십 년 전 사랑이든 이십 년 전 사랑이든

어디에서든 부르면 달려 나올 수 있는
막강한 힘을 지닌 인연을 만들고 싶다

쓸쓸한 시간

머리가 크고 네모난

불도그 아가리 닮은 수석

조각칼로 마구 쪼아대다

쓸쓸함을 느꼈다

어느 날

광기

내 몸의 살이란 살은 모두 발라내
저 비쩍 마른 개에게 던져주고 싶은 밤이다

슬픈 열대

슬픈 열대를 읽다 Claude Levi Strauss* 생각에

그것들을 머릿속에 넣고 한참을 우물거리다
가슴속에 담은 뒤 다시 또 슬픔과 열대를 떼어놓고 씹
었다

이제 내겐 격정적인 슬픔도 슬픈 열대도 남아있지 않다
밀림 속 빛이 들지 않는 어두운 곳을 헤매 다니다 사라
진 걸까

원숭이 이빨과 표범의 송곳니로 만든 목걸이처럼
밀림을 손에 쥐고 있을 때 나는 무심했다

카두베오족 보로로족 남비콰라족 투피 카와이브족 등
브라질 내륙 지방에 살고 있는 원주민들의 삶

어느 날 그들을 나는 많은 사람들에게 내보이려고 했다
설명 할 수도 없고 제대로 설명할 자신도 없는 상태에서

나의 발걸음을 붙잡는 문명과 야만은 무엇인지
원주민 사회는 다른 사회일 뿐 우월한 사회는 따로 없
다는 말 앞에서

내 가슴이 쿵하고 소리를 지르며 어디론가 마구 달려
나간다
슬픈 열대 속 야자나무를 생각하다가

타인처럼 내 곁을 지나간 아니 그가 지나온 열대를 밟
아나가다
지금 이 순간 그것이 내 곁에 없다는 생각에 먹먹했다

까발리지 말고 익명인 채 그대로 놔둘 걸 후회도 했다
열대의 향기와 신선함이 사라진 뒤

온갖 욕구로 나 자신을 마구 괴롭히는 먼 그곳

* Claude Levi Strauss(1908~2009)
벨기에의 브뤼셀에서 태어나 프랑스에서 성장한 구조주의 인류학자.
16권의 저서와 100편이 넘는 논문을 발표했다.

아름다운 지느러미

3부

내 다리는 두 개인가 네 개인가
두 다리로 걸으려다 걷지 못하여
팔과 다리 네 개로 기어다녀

바퀴 달린 휠체어 두 바퀴를 덧붙이니 여섯 개라

내 다리는 두 개인가 네 개인가 여섯 개인가
그것도 부족하면 네 개를 더 보태 휠체어를 밀게하니
합이 열개

두 다리로 걷는 두 다리로 걸어다니는 사람들을 바라보다
왜 저들은 다리가 두 개 밖에 없을걸까

내 다리는 덧어찼을때는 둘 방 안에서 꿈적일 때로 넷
밖으로 나다닐때로 여섯 혹은 열 개까지나 되는 것을

두 개밖에 없는 두 다리로 걷고 뛰는 저들을 스테어에다이어
아니 예비 다리가 없다

그것이 없는 저들을 타비어 아닌 다리를
가까이 다치게하랴 하면 어찌할까

내 다리는 여섯 때에 열 개인데 거리에서 두개뿐인
허들에 걷는 저들을 보게 되면 안쓰러워

죽을수도 마음에 쓰며 삶는 다리나로 께려야 할까

예감

내장 속 똥 덩어리와 함께
죽음은 더러운 것도 모르고 온다

석장승

석장승 코를 쥐고 할배가 웃었다

할매도 뺨을 어루만지며

귀를 잡고 아들이

이마를 쓰다듬으며 손자도

장승을 바라보게 되면 웃지 않을 수 없다
웃음 없는 웃음으로 가슴을 저미게 하는

머리를 뒤로 제친 눈이 크고 부라린 얼굴

그 왼쪽 눈알에서
갑자기 한 송이 동백꽃이 툭 튀어나올 것 같아

코인지 귀인지 이마인지 구분이 되지 않는

나도 모르고 그도 모르게 담을 넘어온 저 빛은 뭘까

삼십 오 분 전 열두 시

아홉 시가 된 걸까 십 분 전 아홉 시다
생강차를 마셨다

열두 시가 된 걸까
삼십 오 분 전 열두 시다

어정쩡한 시간대에 나는 용산객잔에 앉아

자장면을 주문했다
점심을 먹기엔 조금 이른 시간이다

그러나 젓가락을 들고 면발을 끌어 올렸다

입맛이 당기는 대로

꾸역꾸역 단무지와 함께 면을 씹어 삼켰다

恨

땅에 묻혀

몸뚱이는 썩어 없어진 뒤

긴 머리카락 두세 가닥과

손톱 몇 개만 남긴

무덤을 옮기려다 본
시간은 모든 것을 무화시키는 걸까

그 사람과 함께 한 기억까지도
이젠 흐릿하다

주검은 누군가의 삶 속에서 지워지는 것

아니 恨을 남긴다

생각나무 열두 그루

한 생각 두 생각 세 생각 네 생각
다섯 생각을 놔 버리기 위해

나뭇잎은 떨어지고 있다

저 나무는 무엇을 비우기 위해

짧게 또는 길게 호흡을 들이쉬었다

아님 내쉬는 걸까

생각 나무 한 그루 두 그루 세 그루 네 그루 다섯 그루
나무들은 호흡을 들이쉬지도 내쉬지도 않은 상태에서도

끝없이 무언가를 깊이 사색한 뒤 뱉어내고 있다
그 안에 든 적멸보궁들을

외출

공사장 내 함바집 옷장 안

갈색점퍼와 검정점퍼 두 벌

그 옷들을 번갈아 입어 보았다
마치 새로운 주인이 나타나길

기다리기라도 한 것 같은
먼지 낀 갈색점퍼를 툭툭 털어 입고

오랜만에 외출을 했다

누군가 깜박 잊은 걸까 아님 두고 간 걸까

주인조차도 까맣게 잊은 것 같은
후줄근한 점퍼 세 벌

장미와 고양이

그림자가 장미를 먹었다

고양이도 잡아먹었다

장미와 그림자 그 사이
고양이와 그림자 사이엔

어떤 잔인함이 배어 있다

낯설다고 할까

2월

걷고 또 걸어 들어가도

오직 눈밖에 보이지 않는

길 위에 거친 숨소릴 토해내며

밤재를 넘어 구례를 향해

華嚴寺 가는 길

피아노 계단

바닥에서 바닥

발자국에서 발자국으로

바닥이 빛이다 발자국은 빛으로

어둡다 긴 어둠은
빛을 몰아내고 있다

가자가자 저 캄캄함을 몰아낸 뒤
벌떡 일어서서

어두컴컴해 보이지 않는 세계
너무 늦지 않게 빠져 나가도록 하자

첫 계단은 도 다음 계단은 레에서 미로 이어지는

계단 밖 세상을 향해

대원경보살

불그스름한 빛을 발하는 아침에

산중턱 위 머리를 내민 태양은

그저 바라보기만 해도
숨이 막히는

그러다 가슴이 터질 것 같은
눈매가 매우 깊은 아내를 닮았다

붉은 빛은 사람을 숨 막히게 한다

그녀는 불그스름한 태양을 닮은

여자 아니 햇덩이다

이팝나무

꽃그늘 아래 서 있으면

살아 있음에

경의를 표하게 된다

벅찬 감격 앞에서

삶은 도대체 알 수 없는

격정이므로

불편한 진실

콩 심은 땅에서 콩 나온다는 말
예전엔 그랬다

그러나 지금도 그럴까
그 말은 이젠 어정쩡함과 모호함 사이에 있다

영식이가 땅을 판 뒤 씨를 뿌린
영식이 밭에서
가끔은 우식이가 나오기도 하고

희식이가 땅을 판 뒤 씨를 뿌린
희식이 밭에서 기식이가 나와

고개를 갸우뚱하게 만드는
불편한 진실을 우리들은 가끔씩 만나게 된다

친자 확인 뒤 긴 한숨을 내뱉는 이들을 봤다

정원사

정원에 물을 줄 수 있다고?

감히 꽃과 바위와 대화를 나누겠다고?

네 과연 그럴 수 있을까?

후원에서 꽃과 나무가 웃는 소리 들리니?

우주에서 네게 보내는 신호

이제 곧 사라질 그 소리를

너는 빠르게 알아차려야 해

좁은 골목길에서 새어나오는

소곤거림에도 귀를 기울여야 할 것이야

식감

돼지머리와 말대가리
소머리와 양머리 닭대가리를

먹었다 먹고 있다고 생각했다

낙지의 빨판이 입 안에 달라붙는 느낌처럼

쉼 없이 그것들을
쭈쭈 짭짭거리며

앞으로도 계속 먹을 것이다 먹게 될 것이다

입 속에 약지손가락을 집어넣고
잇새에 낀 음식물들을 떼어내며

나는 쪽쪽 빨아본다 돼지머리와 양머리 소머리

뜯어먹는 생각을 지울 수 없었다

지루한 팔월

그해 여름 매우 무덥고 꿉꿉한 시간을 보내면서도

그는 방 안에서 땅콩을 깨문다든가

널평상에 앉아 자두 씨를 핥거나

수박씨를 그녀 얼굴에 뱉었던 일이 결코 없다

그저 긴 장마와 함께 온 여름이 지나가기를

과도를 들고 복숭아 껍질을 천천히 벗기며

삶의 한 테두리가 무리 없이 풀리기를

노곤한 졸음 속에서 땀을 흘리며 기다렸다

잠

자자 조금 더 자자

푹 자고 싶다

깨우지 마

아내 허벅지에 다리를 올려놓고

자고 싶다

잠에서 깨고 싶지 않아

바퀴벌레

수챗구멍으로 무언가 들어왔다 무엇이 들어왔고 빠져
나간 걸까

한 마리 바퀴벌레였을까
두 마리 셋 넷 다섯 여섯 일곱 마리

식탁 아래 그 옆 냉장고 어둡고도 습한 바닥으로 마구
돌아다니는

여러 마리 강구들이 기어 나온 곳
도대체 몇 마리인지 알 수 없고 수를 셀 수도 없어 허둥
거리다

너와 내가 마주대하고 싶지 않듯이
두 마리 셋 넷 다섯 여섯 일곱 여덟 마리도

서로 얼굴을 맞대고 싶지 않은 걸까

너를 생각하다 벌레들을 떠올리게 되면 나는 그것들을
견딜 수 없다

어느 곳에나 있고 그 어디에도 보이지 않는

수저를 들고 밥을 먹으려다 내 발밑으로 빠져나간 한
마리 바퀴벌레

밥상 아래로 재게 몸을 숨긴 아아 나는 저것의 몸뚱이를
짓뭉개야 한다

밥숟가락을 입에 문 채

우체통

넣었다 텅 빈 허공에 나를 넣었다
넣었다 네 안에 나를 밀어 넣었다

넣는 순간 천길 단애로 떨어져 내리는 느낌

원숭이 똥구멍 혹은 하마 주둥이 악어의 눈물 닮은

넣게 되면 싸늘한 허전함으로 인해
밤에 잠을 이룰 수 없는

넣기 전 잠깐만 기다려달라고 부탁할 수밖에 없는
네가 잠들기 전에나 잠이 든 후에도

노심초사 할 수밖에 없는 그런 상황에서

그럼에도 불구하고 넣겠다는 넣고야 말겠다는

지금 이 순간 너를 바라보다 파랗게 변한다
아니 노랗게 변하고 있다

아니아니 노랑노랑에서 빨강빨강으로 변하고 있다

단추

구멍이 있고 단추가 있다

구멍이 먼저 아님 단추가 먼저

단추가 있고 구멍이 있다

단추가 먼저 아님 구멍이

구멍이 먼저?
단추가 먼저?

아무렴 뭔 상관이란 말인가
구멍이 먼저든 단추가 먼저든

끼우고 볼 일이다

닭둘기

회색 비둘기와 구역질나는 검정 비둘기

도마 위에 올려놓고

대가리를 자른 뒤

수컷 비둘기와 암컷 비둘기

몸뚱이를 하나 둘 셋 넷
네 토막으로 끊어

통닭처럼 기름에 튀겨보면 어떨까
아님 백숙으로 끓여 내보면 그 맛은?

詩가가치세

관공서에 입찰을 넣으려 할 때 인지를 붙이듯
모든 서류에 오 만원 혹은 십만 원짜리

名詩를 한 편씩 첨부케 하면 어떨까

기업체에서 상거래 때 발생하게 되는
부가가치세처럼 앞으로는 전 국민들에게

반드시 詩가가치세를 새롭게 입법 징수해야만 한다

거래 금액에 따라 차등을 주어 그 금액의 십 퍼센트
아니 오 퍼센트여도 좋다고 생각한다

모든 국민이 시를 읽어도 그만이요
읽지 않아도 그만이라는 생각은 할 수 없게끔

국민 사대 의무가 아닌 오대 의무로 시를 읽게끔 해야
한다
개꿈일까 그런 세상은

중얼거리다

중얼거리며
그 사내는 내게 다가왔다

혼잣말처럼 혼자 온
그러다 갈 때도 올 때처럼 간

뭔가에 빠져 중얼중얼

수요일이었을까
목요일이었을까
금요일이었을까

골목길에 갇혀 있던 그는
어느 순간 골목을 빠져 나갔다

중얼중얼 의식을 다른 곳에 둔 채

돌개바람

한 마리 두 마리 세 마리 네 마리

가을 돌개바람에 몸을 맡긴 나뭇잎처럼

독수리들은 날고 있다

독수리는 늦가을이다
아니 가을은 진공청소기인걸까

날면서 날아오르면서
발아래 모든 것들을 휘감아 올리는

봤다 거대한 회오리를

개기월식

그는 누구이며 그를 생각하는
또 다른 그는 누구인지
알 수 없는 모르는 누군가를 생각하는
그림자에 가려진
그 누구는 누구인가

붉은 달이 얼굴을 내미는 이 밤에

비행기

초음속 비행기를 바라봤다

그러다 구름 속으로 사라진
비행기 편대는

언제 다시 출현하려나

어릴 때 본 그 비행기는
신기루처럼 사라진 뒤

다시 나타나지 않았던 까닭에

나는 잠깐 동안
땅바닥에 퍼질러 앉아 울었던 것 같다

봄밤

위층 침대 삐걱거리는 소리를 닮은 봄비

그 비 내린 뒤에는 꽃이 핀다

꽃이 피고 있다 천지사방에

봄밤엔 더욱 더 그렇다

젊은 여인의 달아오른 몸처럼
후끈한 살 냄새 코끝을 강렬하게 찌르는

꽃들에게서 한없는 욕정을 느꼈다

잠결에 소곤거리는 빗소리를 듣다보면

내 아래는 어느 순간 불룩하게 솟아 있었다.

동박새

동박새 눈에 괸 그늘 때문에
새는 보이지 않고

쮸쮸 찌이 쮸쮸 귀를 울리는

그 울음소리를 듣다
가만가만 그 소리를 듣고 있자니

마음이 무겁다
千 萬斤 무게 실린

새의 눈에 괸 그늘 무게에
마음이 짓눌려

효자동

화랑을 기웃거릴 때마다 빨강 물감은 슬프다

아니 노랑이 우울하다

화폭 위에 찍어 놓은

무당벌레 등처럼 고혹적인

쇼윈도 앞 멍하게 서 있는
여인의 뒷모습을 바라보다

파랑 색 원피스 물방울무늬에 빠졌다
잠깐이었지만

좋은 말

아는 말과 모르는 말 사이에서 말을 조련하다

낯선 말을 만났다
도대체 들어본 적 없는

알 수 없는 말 앞에 멈춰 섰다

말을 벼리고 또 벼려 시퍼런 날 설 때

말 작두에 올라 춤을 춰보자

모르는 말은 분명히 납득 될 때까지

말 날을 숫돌 위에 올려놓고
쉼 없이 갈아야 한다

좋은 말 찾아 어느 날 몽골 초원을 찾아가리.

인지

초판 인쇄 ㅣ 2014년 11월 20일
초판 발행 ㅣ 2014년 11월 25일
지은이 ㅣ 강만수
펴낸곳 ㅣ 황금두뇌
펴낸이 ㅣ 이은숙
주소 ㅣ 서울시 강북구 수유동 461-12
전화 ㅣ 02)987-4572
팩스 ㅣ 02)987-4573
등록 ㅣ 99. 12. 3 제 9-00063호

ISBN 978-89-93162-31-8 03810